Coordinación de la Colección: Daniel Goldin
Diseño: Arroyo+Cerda
Dirección Artística: Rebeca Cerda

A la orilla del viento...

Soto, Gary
    Beisbol en abril y otras historias / Gary Soto ; ilus. de Mauricio Gómez
Morin ; trad. de Tedi López Mills. — 2ª ed. — México : FCE, 1995
    152 p. : ilus. ; 19 × 15 cm — (Colec. A la orilla del viento)
    Título original Baseball in April and Other Stories
    ISBN 968-16-4838-2

    1. Literatura infantil I. Gómez Morin, Mauricio il. II. López Mills, Tedi
tr. III. Ser IV. t

LC PZ7   Dewey 808.068 S849b

Distribución mundial para lengua española

Primera edición en inglés,   1990
Primera edición en español, 1993
Segunda edición,   1995
    Décima reimpresión,   2005

Comentarios y sugerencias: editorial@fondodeculturaeconomica.com
www.fondodeculturaeconomica.com
Tel. (55)5227-4672 Fax (55)5227-4694

Título original:
Baseball in April and Other Stories
© 1990, Gari Soto
Publicado por acuerdo con Harcourt Brace Jovanovich, Publishers, San Diego
ISBN 0-15-205720-X

D. R. © 1993, Fondo de Cultura Económica
Carretera Picacho-Ajusco 227; 14200 México, D. F.

ISBN 968-16-4838-2 (segunda edición)
ISBN 968-16-3854-9 (primera edición)

Impreso en México • *Printed in Mexico*

GARY SOTO

ilustraciones de
Mauricio Gómez Morín
traducción de
Tedi López Mills

FONDO DE CULTURA ECONÓMICA

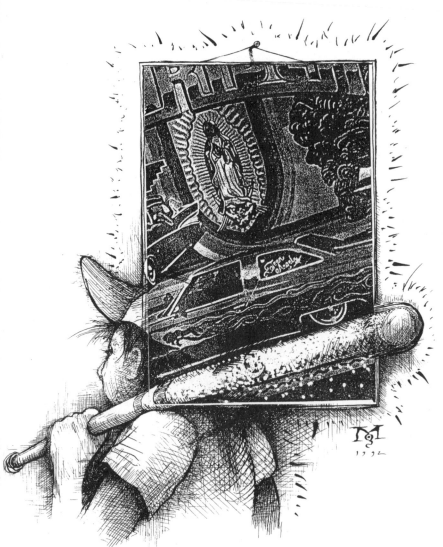

Beisbol en abril y otras historias

*Para
todos los
"karate kids"
y para
el maestro
Julius Baker Jr.*

Reconocimientos

El autor agradece a
Marilyn Hochman,
Joyce Carol Thomas,
José Novoa y
Jean Louis Brindamour
por su apoyo y buenos consejos.

Cadena rota

❖ ALFONSO estaba sentado en el pórtico tratando de empujar sus dientes chuecos hacia la posición que creía que debían tener. Odiaba su aspecto. La semana anterior había hecho cincuenta sentadillas diarias, con la idea de que las ondulaciones ya evidentes en su estómago se convirtieran en ondulaciones aún más marcadas, para que al verano siguiente, cuando fuera a nadar al canal, las muchachas vestidas con pantalones cortos se fijaran

en él. Quería "incisiones" como las que había visto en un calendario de un guerrero azteca de pie sobre una pirámide con una mujer en sus brazos. (Aun ella tenía incisiones que podían verse por debajo de su vestido delgado.) El calendario estaba colgado encima de la caja registradora de "La Plaza". Orsúa, el dueño, dijo que Alfonso podría

quedarse con el calendario al final del año si la mesera, Yolanda, no se lo llevaba antes.

Alfonso estudiaba las fotos de estrellas de rock en las revistas porque quería encontrar un peinado. Le gustaba cómo se veían Prince y el bajista de "Los Lobos". Alfonso pensaba que se vería muy bien con el pelo rasurado en forma de V por atrás y con rayos morados. Pero sabía que su madre no aceptaría. Y su padre, que era un mexicano puro, se apoltronaría en su silla después del trabajo, malhumorado como un sapo, y le diría "marica".

Alfonso no se atrevía a teñirse el pelo. Pero un día se había mochado la parte de arriba, como en las revistas. Esa noche su padre había regresado a casa después de un juego de softbol, contento porque su equipo había bateado cuatro jonrones en un juego victorioso de trece a cinco contra los Azulejos Colorados. Entró con paso orondo a la sala, pero se quedó helado cuando vio a Alfonso, y le preguntó, no en broma sino realmente preocupado:

—¿Te lastimaste la cabeza en la escuela? ¿Qué pasó?

Alfonso fingió no escuchar a su padre y se fue a su recámara, donde examinó su pelo en el espejo desde todos los ángulos. Quedó satisfecho con lo que vio, pero cuando sonrió se dio cuenta por primera vez de que sus dientes estaban chuecos, como una pila de coches estrellados. Se deprimió y se alejó del espejo. Se sentó en su cama y hojeó la revista de rock hasta que encontró a la estrella de rock con el pelo mochado. Tenía la boca cerrada, pero Alfonso estaba seguro de que no tenía los dientes chuecos.

Alfonso no quería ser el chavo más guapo de la escuela, pero estaba decidido a ser más apuesto que el promedio. Al día siguiente gastó en una camisa nueva el dinero que había ganado cortando céspedes, y con su cortaplumas extrajo las briznas de tierra que había bajo sus uñas.

Se pasaba horas delante del espejo tratando de reacomodarse los dientes con el pulgar. Le preguntó a su madre si podían ponerle frenos, como a Pancho Molina, su ahijado, pero hizo la pregunta en un momento poco oportuno. Ella estaba sentada a la mesa de la cocina lamiendo el sobre que contenía el alquiler de la casa. Miró a Alfonso con ira.

—¿Crees que el dinero cae del cielo?

Su madre recortaba los anuncios de ofertas que aparecían en las revistas y en los periódicos, cultivaba un huerto de legumbres los veranos y hacía sus compras en almacenes de descuento. Su familia comía muchos frijoles, lo cual no era malo pues sabían muy bien, aunque en una ocasión Alfonso había probado los ravioles chinos al vapor y le habían parecido la mejor comida del mundo luego de los frijoles.

No volvió a pedirle frenos a su madre, aunque la encontrara de mejor humor. Decidió enderezarse los dientes con la presión de sus pulgares. Después del desayuno ese sábado se fue a su recámara, cerró la puerta sin hacer ruido, encendió el radio y durante tres horas seguidas presionó sobre sus dientes.

Presionaba durante diez minutos y luego descansaba cinco minutos. Cada media hora, cuando había anuncios en el radio, verificaba si su sonrisa había mejorado. Y no era así.

Al cabo de un rato se aburrió y salió de la casa con un viejo calcetín de deportes para limpiar su bicicleta, un aparato de diez velocidades comprado en uno de los grandes almacenes. Sus pulgares estaban cansados, arrugados y rosas, tal como se ponían cuando pasaba demasiado tiempo en la bañera.

Ernesto, el hermano mayor de Alfonso, apareció en *su* bicicleta; se le veía deprimido. Recargó la bicicleta contra un duraznero y se sentó en la escalera de la parte posterior de la casa. Bajó la cabeza y pisoteó las hormigas que se acercaban demasiado a él.

Alfonso sabía bien que era mejor no decir nada cuando Ernesto tenía cara de enojado. Volteó su bicicleta, para que quedara balanceada sobre el manubrio y el asiento, y talló los rayos de las ruedas con el calcetín. Una vez que terminó, presionó sus dientes con los nudillos hasta que sintió un cosquilleo.

Ernesto gruñó y dijo:

—Ay, mano.

Alfonso esperó unos cuantos minutos antes de preguntar:

—¿Qué pasa?

Fingió no interesarse demasiado. Tomó una fibra de acero y siguió limpiando los rayos.

Ernesto titubeó, pues temía que Alfonso se riera. Pero no pudo aguantarse.

—Las muchachas nunca llegaron. Y más vale que no te rías.

—¿Cuáles muchachas?

Alfonso recordó que su hermano había estado presumiendo que Pablo y él habían conocido a dos muchachas de la secundaria Kings Canyon la semana pasada, durante la fiesta del día de muertos. Iban vestidas de gitanas, el disfraz que siempre usaban las chicanas pobres, pues lo único que hacían era pedirles prestados el lápiz labial y las pañoletas a sus abuelitas.

Alfonso caminó hacia su hermano. Comparó las dos bicicletas: la suya brillaba como un manojo de monedas de plata, mientras que la de Ernesto se veía sucia.

—Nos dijeron que las esperáramos en la esquina. Pero nunca llegaron. Pablo y yo esperamos y esperamos como burros. Nos hicieron una mala jugada.

A Alfonso le pareció una broma pesada, pero también medio chistosa. Algún día tendría que intentar algo así.

—¿Eran bonitas?

—Sí, supongo.

—¿Crees que podrías reconocerlas?

—Si tuvieran los labios pintados de rojo, creo que sí.

Alfonso y su hermano se quedaron sentados en silencio. Ambos aplastaron hormigas con sus Adidas. Las muchachas podían ser muy raras, sobre todo las que uno conocía el día de muertos.

Unas horas después, Alfonso estaba sentado en el pórtico presionando sobre sus dientes. Presionaba y se relajaba; presionaba y se relajaba. Su radio portátil estaba encendido, pero no lo suficientemente fuerte como para que el señor Rojas bajara las escaleras y lo amenazara agitando su bastón.

El padre de Alfonso se aproximó en su coche. Por la manera en que iba sentado en su camioneta —una Datsun con la defensa delantera pintada de distintos colores— Alfonso se dio cuenta de que el equipo de su padre había perdido el partido se softbol. Se retiró del pórtico con rapidez, pues sabía que su padre estaría de mal humor. Se fue al patio trasero; desencadenó su bicicleta, se sentó en ella, con el pedal pegado al piso, y siguió presionando sobre sus dientes. Se golpeó el estómago y gruñó: "Incisiones". Luego se tocó el pelo mochado y murmuró: "Fresco".

Un rato después Alfonso subió por la calle en su bicicleta, con las manos en los bolsillos, rumbo a la heladería Foster. Un chihuahueño, parecido a una rata, lo correteó. En su vieja escuela, la primaria John Burroughs, se encontró con un muchacho colgado de cabeza encima de una reja de alambre de púas; abajo, una muchacha lo miraba. Alfonso frenó y ayudó al muchacho a desatorar sus pantalones del alambre de púas. El muchacho estaba agradecido. Temía quedarse colgado toda la noche. Su hermana, de la misma edad que Alfonso, también estaba agradecida. Si hubiera tenido que ir a casa y decirle a su madre que Pancho estaba atorado en una reja, la habrían regañado.

—Gracias —dijo—. ¿Cómo te llamas?

Alfonso la recordaba de su escuela, y notó que era bastante bonita, con cola de caballo y dientes derechos.

Para el final del mes, Gilberto ya no cabía en sí de aburrimiento. Todos los días hacían lo mismo. No aprendieron ni un sola cosa que les sirviera para protegerse de otros niños. El propio instructor empezó a llegar tarde, e incluso cuando estaba allí no se molestaba en corregir las patadas o golpes de los alumnos. Sólo daba vueltas alrededor del *dojo* con las manos en las caderas.

Gilberto quería abandonar las clases, pero su madre había pagado las cuotas del tercero y cuarto mes. Cuando ella preguntaba: "Cómo van tus clases? Debes de estar muy fuerte, ¿no?", Gilberto fingía que todo estaba de maravilla y se arremangaba la camisa para presumir sus bíceps.

Pero el karate no era divertido; era aburrido y no le servía de nada. Un día en la escuela, cuando Simón el Molón trató de meterse frente a él en la fila de la comida, Gilberto, aún convencido en el fondo de que era el *karate kid,* lo empujó a un lado.

—¿No te di ya una golpiza? —le dijo desafiante el Molón.

—Ten cuidado, Molón. Estoy tomando clases de karate.

El Molón empujó a Gilberto y dijo:

—Nos vemos en el patio.

Afuera, delante de los niños de quinto y sexto de primaria, Gilberto se colocó en una posición de karate. El Molón dijo con una risita que lo único que podía salvarlo era el ejército de Estados Unidos y golpeó a Gilberto en la quijada. El golpe arrojó a Gilberto al suelo, donde permaneció con los ojos cerrados hasta el fin del recreo.

A Gilberto le daba demasiada vergüenza decirle a su madre que quería abandonar el karate. Seguramente lo regañaría. Le diría que había gastado más de cien dólares en las clases de karate, que Gilberto era un flojo y, lo peor de todo, que tenía miedo de los otros niños de la clase.

Gilberto se hizo tan descuidado como los otros niños. Durante seis meses asistió a los cursos, semana tras semana, y logró avanzar hasta la cinta amarilla, lo cual lo hizo sentirse orgulloso durante unos cuantos días. Luego regresó a la misma rutina de desidia y al tedio de lagartijas y sentadillas, estiramientos, golpes, patadas y *katas*. Los alumnos no se entrenaron para combatir ni una sola vez.

Gilberto imaginaba que peleaba con el Molón y el señor López miraba con los brazos cruzados. Gilberto se veía a sí mismo dando vueltas y haciendo fintas y veía al Molón encogerse de miedo y huir de sus golpes. Pero las más de las veces Gilberto imaginaba que abandonaba las clases de karate. Se veía caer de su bicicleta y romperse la pierna o caer de una azotea y romperse el cuello. Con tales lesiones nadie se burlaría de él por ser cobarde y no poder llegar hasta el final.

¿Cómo le voy a decir a mi mamá?, se preguntó el día en que decidió abandonar las clases porque eran muy aburridas. Quizá podría decirle que las cuotas mensuales eran ya de cien dólares al mes. O que ya sabía suficiente karate para defenderse. Pensó en los posibles pretextos mientras empujaba una escoba alrededor del piso de karate. Levantó la vista y vio a su instructor haciendo una *kata*. La primera vez que había visto al señor López hacer eso había pensado que era el hombre más fuerte de todo el mundo. Ahora sólo le parecía que estaba bien. Gilberto decidió que cualquiera que sudara tanto no podía ser demasiado bueno, y el instructor estaba sudando a chorros.

En la escuela, el Molón se burlaba de Gilberto y le decía:

—Oye, niño karateka, muéstranos lo que puedes hacer. Te apuesto a que ni siquiera podrías ganarle a mi hermana.

Era cierto. Su hermana estaba en el mismo año que Gilberto, y era tan brava como un gato enjaulado.

Un día el instructor llegó sonriente. Fue la primera vez que Gilberto vio sus dientes.

—Tengo noticias para ustedes —dijo mientras los niños se colocaban en fila—. Pero no ahora. Hay que practicar. ¡Dejen de jugar! ¡Pónganse en fila!

Mientras hacían sus ejercicios, Gilberto empezó a sonreír junto con el instructor. Supongo que ya llegó el día, pensó. Finalmente, nos va a tocar pelear. Durante meses había obedecido los gritos del instructor, y ahora él y los niños mejor portados iban a tener su oportunidad. Gilberto miró el carrito de supermercado con el equipo de pelea. Ya no aguantaba las ganas de que el instructor les dijera que fueran por el equipo.

Pero la clase siguió la misma rutina. Practicaron golpes, patadas y lo mismo de siempre de un lado al otro. Luego el instructor les gritó a los niños para que se pusieran en fila. Después de callarlos cinco veces, anunció que iba cerrar el *dojo*. El negocio iba mal, y no veía cómo podría continuar con sólo doce alumnos.

—No puedo hacer nada —dijo, finjiendo una mirada de tristeza—. Así es esto. Lo siento.

Sólo un alumno se lamentó. Los otros aplaudieron.

—Nada de respeto —murmuró el instructor. Se jaló la cinta y señaló hacia el vestidor—. ¡Fuera! Son unos niños terribles.

Antes de vestirse, los alumnos corrieron alrededor del *dojo*, carcajeándose y armando pelotera. Se despidieron con un ademán indiferente del instructor, que estaba parado frente a la ventana mirando pasar los coches.

Esa noche durante la cena, Gilberto, sonriente y muy contento, le dijo a su madre que la escuela se iba a cerrar.

—Es una lástima para el señor López y para ustedes.

Su madre estaba decepcionada y luego de comer en silencio le sugirió a Gilberto que tomara clases en otra escuela.

—Ah, no —dijo Gilberto—. Creo que ya aprendí lo suficiente para protegerme.

—Bueno, pero ya no quiero enterarme de que te ponen una golpiza.

—No sucederá —prometió. Y nunca sucedió.

Gilberto arrojó el uniforme al fondo de su armario y muy pronto olvidó sus *katas*. Cuando el Karate Kid. Segunda parte llegó a las pantallas ese verano, Raimundo tuvo que ver la película solo. Gilberto se quedó en su casa leyendo revistas de caricaturas sobre superhéroes; eran más reales que el karate. Y no hacían daño. ❖

Índice

Cadena rota 7
Beisbol en abril 23
Dos soñadores 37
Un blues sin guitarra 50
Primero de secundaria 62
La muñeca *Barbie* 73
Madre e hija 85
La bamba 97
La campeona de canicas 109
Crecer 119
El niño karateka 133